El pedo más grande del mundo
Colección Somos8

© del texto: Rafael Ordóñez, 2016
© de las ilustraciones: Laure du Faÿ, 2016
© de la edición: NubeOcho, 2017
www.nubeocho.com - info@nubeocho.com

Correctora: Daniela Morra

Primera edición: 2017
ISBN: 978-84-945971-5-2
Depósito legal: M-1567-2017

Impreso en China a través de Asia Pacific Offset,
respetando las normas internacionales del trabajo.

EL
PEDO
MÁS GRANDE
DEL MUNDO

Rafael Ordóñez   Laure du Faÿ

Sp
j
O

nubeOCHO

El elefante llegó al río. Sus patas se hundieron en el barro, sintió el fresquito y cerró los ojos de placer. Luego metió la trompa en el agua y bebió despacio.

"¡Qué rica! ¡Qué bien se está aquí! ¡Qué tranquilidad!".

BLOP

Entonces se escuchó un sonido desagradable.
El elefante miró al río y vio como una gran
burbuja se deshacía y dejaba escapar un pedo.

El pedo enorme de un enorme hipopótamo que
en ese instante sacaba la cabeza del agua.

El elefante pensó que el hipopótamo era un cochino, aunque le había hecho gracia el pedo submarino.

Además, él llevaba unos minutos sintiendo un dolorcillo en su enorme barrigota y, mirando al hipopótamo, soltó un pedo gigante que sonó como un trueno pequeño.

Los dos gordotes animales se rieron un buen rato, hasta que apareció una jirafa que, sin mirarlos, se acercó para beber.

Cuando bajó la cabeza y estiró el cuello, levantó el trasero y, claro, se le escapó un pedo. Un pedo que no fue demasiado potente, pero sí muy largo.

PRRR

En ese mismo instante, un mono algo
locuelo se colgó boca abajo de la rama
de un árbol y, entre risas, exclamó:

—¡Qué variedad de pedos! ¡Son ustedes
unos maestros en la música de viento!

La jirafa se puso colorada.

—Se me ha ocurrido una idea al escucharlos —siguió el mono—. Podríamos celebrar un concurso de pedos.

Los tres animales se miraron. Y entonces se escuchó la voz ronca del cocodrilo:

—Muy bien. Yo seré el jurado.

El mono desapareció entre los árboles gritando:

—¡Mañana!, ¡concurso de pedos! En el río, a mediodía. ¡Concurso de pedos!

En unos minutos, todos en la selva se habían enterado.

Al día siguiente, antes de la hora, algunos animales ya rondaban la orilla del río.

El mono locuelo comenzó a gritar:

—¡Ya es mediodía!

El cocodrilo se deslizó hasta la orilla y proclamó:

—¡Que comience el concurso!

El rinoceronte se colocó en medio de todos y, sin decir nada, soltó un sonoro pedo. No fue un estallido, pero se podía decir que era un pedo grande, tan grande como el mismo rinoceronte. Todos los animales aplaudieron muchísimo. El rinoceronte estaba muy contento.

PRUUM

El hipopótamo, dentro del río, cerró un poco
los ojillos, movió sus orejas y soltó una bomba
submarina, una gorda burbuja que estalló detrás de él.

El aplauso fue espectacular.
El hipopótamo sonreía de placer.

En ese momento llegó la cebra y dijo:

—Espero que sepan valorar la diferencia de tamaño entre los participantes y no me comparen con el pedo de un rinoceronte. Seguro que sabrán apreciar la delicadeza de mi intervención. Entonces, soltó una serie de pequeños pedos de la misma duración, como si fueran petardos.

CLAP
CLAP

CLAP
CLAP

Tras los grandes aplausos a la cebra, le tocaba a la gacela, que estaba algo nerviosa. Cuando vio cómo el leopardo la miraba, sonreía y se relamía los bigotes, la pobre no se pudo aguantar y soltó una pequeña pelotilla.

—¡Descalificada! —dijo el cocodrilo—, esto es un concurso de pedos.

PLOP

El gorila, golpeándose el pecho, consiguió un gran silencio. Se giró lentamente mirando a todos los animales y, entonces, soltó un pequeño pedo. Casi no se oyó.

Nadie aplaudió.

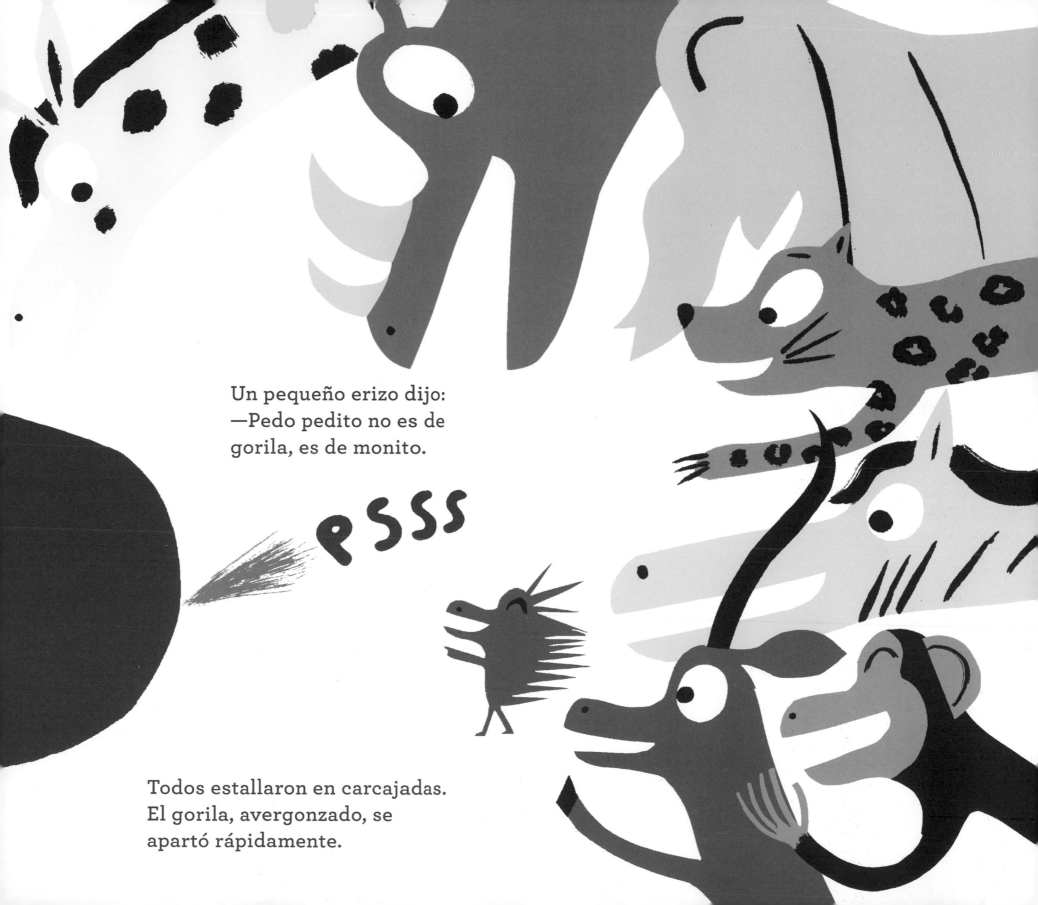

Un pequeño erizo dijo:
—Pedo pedito no es de
gorila, es de monito.

esss

Todos estallaron en carcajadas.
El gorila, avergonzado, se
apartó rápidamente.

En ese momento llegó el león empujando a la leona.

—¡Que no! —protestaba ella—. Aunque seas el rey de la selva no puedes pedirme eso. Tú eres el de los grandes pedos. Si te da vergüenza, te aguantas. Y si quieres ganar este ridículo concurso, el pedo te lo tiras tú.

El elefante aprovechó la ocasión y se situó en el centro. Apretó la barriga y soltó un enorme, descomunal, estrepitoso, monstruoso... Un pedazo de pedo que provocó una tremenda conmoción.

Cuando terminaron los aplausos, el cocodrilo cerró los ojos. Un poco después los abrió y dijo:
—Después de una intensa y complicada reflexión, el jurado ha decidido que...

No pudo terminar. En ese momento se escuchó un sonido tremendo, el eco de un cañonazo, el cielo rompiéndose, la tierra gritando, los ríos llorando... Se escuchó el pedo más grande, poderoso y tremebundo que nunca antes se había podido oír en todo el mundo.

PRRR

Todos los animales, asombrados, se dirigieron hacia el origen de aquel sonido tan extraordinario.

Fue el rinoceronte el que, apartando un arbusto, descubrió el origen del pedo más descomunal que nadie hubiera oído jamás.

Allí estaba un ratoncillo, frotándose la barriga.

—¿Has sido tú el del pedo? —preguntó el cocodrilo.

—¿Tú? ¿Has sido tú? —insistieron el león, la gacela, el elefante y el rinoceronte, la jirafa y el mono.

—No es posible —coreaban los animales.

El pobre ratoncillo, muy avergonzado, comenzó a temblar.
¿Qué le importaba a nadie si se había tirado un pedo o no?

Pero como seguían insistiendo y preguntando tanto, el ratoncito no pudo aguantar más y gritó todo lo que pudo con su vocecilla de roedor:

—Sí, he sido yo. ¿No
puede uno tirarse un pedo
si le duele la barriga?

El mono concluyó:

—Pedo de ratón, ¡pedo campeón!

Y todos se echaron a reír.